슬픔은 네 발로 걷는다

슬픔은 네 발로 걷는다

김연진 시집

한티재

차 례

1부

포장

산수유 빛깔 포장지를 비스듬히 잘라
슬픔을 포장했다

슬픔을 깔끔하게 포장하기란
사랑을 죽이는 일만큼 어려운 일
슬픔은 함부로 젖는 경향이 강해
다루기 어려운 계열

나는 포장된 슬픔을 당신에게 선물한다

당신은 완벽한 슬픔을 안고 웃는다

유령진동증후군

그녀의몸에서카톡소리가났다

왼쪽 주머니에서 저녁을 먹었다
메뉴판이 없는 집이었다
검열을 하지 않아도 들리는 것들이 있다

오른쪽 주머니에서 데시벨이 씹혔다
누구도 보낸 적 없는 소음
혼밥은 한쪽 손으로만 밥을 먹는 것이다
유령처럼,

기다리는 손님들은 행갈이를 하고 있다

귀가 보고 싶은 것은 무엇일까
새벽 한 시의 얼굴을 한 이모티콘

당신은 없고 그녀의몸에서카톡소리가났다

안녕을 해석하려고 했어

몸에서 화약 냄새가 났다
심장이 피우는 꽃 냄새
절실에서 멀어진 새끼손톱에 너를 닮은 매니큐어를 발
랐다

'저격수의 눈을 피해 여기까지 오시다뇨
발각되면 당신은,
당신은 꽃투성이 모세혈관을 돌다 한 줌 이별의 언어로
흩어질 텐데요'

당신을 잊었어
사랑이 사랑의 임계점에 닿는 순간
절실은 절실하지 못하고
갈비뼈 사이사이 팽창하던 당신의 은하가 수축을 하고
이젠 나의 당신이라고 부르지 않을,

안녕을 해석하려고 했어
그런데 말이야

이 세상에는 해석되지 않는 표정이 있는 것 같아
당신의 얼굴
오래 떠돌아다닌 파문 같았지

나의 절실은 너를 심장까지 데려오는 것
두근거리는 물결 속에 너를 익사시키는 것이었지

실패한 마음 같다고 느껴
절실의 절정은 걸어 다니는 길 위의 사람들이야
행인 1
행인 2로 시작하는 그저 그런 햇살 좋은 날의 오후 같아

슬픔은 네 발로 걷는다

손을 씻었다
나를 묻고 온 직후였다
나는 죽은 새였으나 곧 부활했다
나를 묻고 싶은 오전이었다

바람이 인다
누군가의 책장이 넘어가는 소리
심연의 페이지에는 슬픔이 찍혀 있다

슬픔은 네 발로 걷는다
네 발로 기어 온다
어디서 오는지 누구에게서 오는지
출처 불명이다

밤마다 달 위에 몸을 걸어 놓으면 깊은 못에는 파문이
일었다

나는 슬픔으로 조작된 몸이다

휘발성 메모리

정전이 되었다
당신을 기억하던 모든 프레임이 증발한다
발끝으로부터 심장을 지나 당신의 안과 밖,
당신은 휘발되고 있다

당신을 왼쪽에서 오른쪽으로 읽을 때
기억이 끓어오를 때
당신은 피어나지 않았던 저체온증

차가운 사람은 차가운 곳이 익숙하고
뜨거운 것들은 언젠가 식기 마련이지

왼편의 꽃이 지고 나는 다른 사람의
왼손을 분양받았다

볼륨 zero

스타카토의 빗방울을 수화기 너머로 들려주었던
애인이 되기엔 너무 사랑스러웠던,

비가 내린다
검은 새의 질량을 먹고 사는 비가 내린다
비의 옥타브는 볼륨 zero
울지도 못하고 숨죽이는 소리

반짝이는 픽셀이 점멸되는 밤
귀도 없이 울음은 시작된다

이 몸의 슬픔은 어디에서 시작되었는가
한 번도 방류된 적 없는 당신

무거운 비가 억수 같은 비가
얼굴을 지나 무릎을 지나 발꿈치로 내려앉는다

서사는 잊히고 감정만 남은 몸뚱아리

>

폭우에 갇힌 심장을 꺼내 들고 들여다보면
먹물 같은 눈동자가 보이고
다시 부풀어 오르는 볼륨 zero

귀를 지우고 당신을 듣는 밤
검은 새가 스타카토처럼 튀어나왔다

이명

귀는 오른쪽에서 왼쪽으로 흘러갔다
아름답다고 느꼈던 모든 소리는 방향이 없어졌다
소리의 혼돈

꽃피는 소리를 듣는다
피다의 소릿값은 봄
모든 무의미가 혼돈을 지나 의미가 되는 지점

나는 어느 봄,
목련이 피는 소리와 벚꽃이 지는 소리를 왜곡하며 듣
는다
마치 내 목소리가 네 목소리인 것처럼

난청은 언제나 너에게 잠겨 있을 때 일어나는 현상
소리 없이 지는 파문을 따라 흐르는
나의 기울기 값은 너

귀는 오른쪽에서 왼쪽으로 흘러갔다

\>

모든 소리는 딱딱하게 굳어 정지되었다

황홀

당신이 떠난 봄에도

황홀은 남아서

이렇게 봄날 저녁은 오시고

나는 목련의 숨 거두는 소리를 듣는다

맥을 놓친 꽃잎처럼 나는 비스듬하고
탄생은 저렇게 격렬하게 왔다 가는 것

당신이 떠난 봄에도 황홀은 남아서

그렇게 봄날 저녁이 가시고

나는 당신의 숨 거두는 소리를 듣는다

엔트로피

신발은 무거운 형상을 띠고 있었다
질질 끌려다녔을 거라는 기의가
손끝에서는 자주 오타를 띄웠다

완전한 이별이 존재하기는 할까

'모든 자발적인 반응은 비가역적이다'
이를테면 환원되지 않는 체온,
되돌아올 수 없는 기표의 당신

빛나는 햇살 속에서 녹아내리는 이물질
부드러운 머리칼, 숨결, 중력보다 무거운 신발

火
花
당신을 태우고 가는 하얀 소실점

시그니처

통증은 선택받은 자의 것
손이 사라진 왼쪽 팔목 3cm를 뜯어 먹는다
감정은 생기지 않았다

나는 나를 먹으면서 무성해진다
얼마나 합리적인가
나의 개별성은 달빛을 머금고 있는 밤의 맥락 같은 것

지워진 손과 누구의 핏빛인지 알 수 없는 모멸
품위는 너를 먹어 치우지 않겠다는 것을 증명하는 것
이다

이빨 자국이 찍힌 연둣빛 손이 다시 태어나면
그 손가락이 자라나 너를 움켜쥐면
나는 새로운 식물이 될 수 있을까
입을 맞추고 너를 휘감으면 우리는 같은 계열이 될까

섞이지 않는 야생

이방인

　몇몇 항성은 연료를 모두 소진하면 바깥 부분이 폭발하고 안쪽 부분은 스스로 붕괴한다

　스스로 붕괴한다

　그러고 나면 고밀도의 중심핵만이 남아 자전하는데 이를 중성자별이라 한다

　중성자별이라 한다

　이중에서도 규칙적으로 빛을 발하는 중성자별은 펄서라고 불린다

　펄서라고 불린다

　펄서는 폭발이 일어나는 동안 원래 위치에서 이탈하기도 한다

　이탈하기도 한다

　천문학자들은 처음 폭발한 장소에서 약 400만km 퍼 아우어에서 800만km/h의 속도로 멀어지며 빛을 내는 펄서를 찾았다

　멀 어 지 는 　당 　신 　과 　　나

네 시의 단풍

한 번도 발견된 적 없는 당신

네 시의 햇살이 창을 뚫고 들어오는 밤이에요
무겁게 눈뜨는 당신을 위하여
햇살 속에서도 미칠 수 있겠다는 생각

열두 시에 밥을 먹고 커피를 마시는 족속은 알지 못하는
여름 한낮의 고도

말라비틀어진 햇살 대 속에서 죽은 손가락을 꺼냈는데
환하게 울고 가는 엽록의 무리

거기에 서 있는 내가 여기에 있는 나를 발견하는 적막
이렇게 완전한 객관이 존재할까

시들어 가는 명랑한 것들

'당신의 은유라는 게 늘 비전을 보이기는 하지만

어떤 날은 무채를 써는 것처럼 간결하게
어떤 날은 안개 속을 걷는 사람처럼 복잡하게
읽히지 않는 은유는 없겠지만
읽을 수 없는 은유를 만들어 내기도 하는 당신은
분열적 레퍼토리를 가졌군요.'

네 시에도 단풍이 들까요?

2부

1m를 흘러간 물

아주 오래전 내가 살았습니다 아니 살았던 것도 같습니다 이 봄, 나의 이름을 다시 짓기로 했습니다 나를 1m를 흘러간 물이라고 부르겠습니다 내가 나를 불러주는 일은 흔하지 않은 일입니다 그러니 당신이 불러주는 이유가 되었으면 좋겠습니다

이 봄입니다 이 봄에 흑백으로만 사진을 찍는 사람을 보았습니다 그 사람의 이름도 1m를 흘러간 물이라고 부르겠습니다 왜냐고 묻지는 마십시오 이 세상에는 부끄러움이라는 단어가 소멸했으니까요

우리 그렇습니다 우리라고 부르겠습니다 우리가 쌓았던 상징이 무너졌습니다 만질 수 없으나 모든 느낌이었고 볼 수 없으나 모든 시선이었던 상징이 무너졌습니다 그럼 우리는 어떤 새로운 이름을 지어야 할까요 우리의 형이상학은 어디쯤 제단을 쌓고 검은 상장을 묻고 있을까요

이 봄입니다 나의 새로운 이름은 1m를 흘러간 물입니다

화요일의 액자

깨진 꽃이 액자 속에 있다

화요일의 햇살은 그녀를 삼인칭으로 부르기 시작했다
사랑을 흡입하던 일인칭의 낮과 밤을 잊었다

깨진 꽃잎 사이에는 시린 얼굴을 내려놓는다
목이 없는
모든 화요일이 사라진다

죽은 자의 노래는 무슨 색일까
어지러운 햇살의 현기

너를 죽인 햇살을 사과 조각처럼 베어 물고 나는
커터 칼을 닮아간다

공갈빵

발톱이 그만 자랐으면 좋겠어

고양이같이 할퀴지도 못하는
발톱을 가지고 산다는 것은
공갈빵 같은, 먹어도 허기가 지는
배부르지 않은 효모
무엇을 발효시켜드릴까요
아니, 난 어떤 발효를 원하는데
끝까지 할퀴지도 못하는 말의 태도
그래, 당신은 언제나 태도가 문제였어
그 태도, 발톱에 대한 태도
자르지 않는 용기라고 말하면 모순
자를 수 없는 불안이라고 하면 소심
효모가 팽창하면
겨울이 가고 꽃이 피고 아기가 태어나고 발톱이 자라고
그런데 말이야 효모가 수축한다면
시간이 거꾸로 흐를까
사랑의 시작은 이별이 되고

이별의 시작은 사랑이 되는
그러니까 다 자란 발톱이 하루씩 작아져 없어지는 것
당신도 하늘도 점점 작아져 할퀴지 않아도 되는 그곳

그곳에서 우리 살아 볼래? 영원히

당신의 바깥

나는 바깥에 존재하고 바깥은 이상한 온도를 지니고 있죠 우리의 몸이 나무에서 파충류로 옮겨갈 때쯤 심장에서 잠깐 데워졌던 그 미열처럼 흔적이라고 말하기엔 너무 낮은 온도

나는 아직 모르겠어요 누구의 바깥에 있는지를 바람의 바깥인지 당신의 바깥인지 그것도 아니면 기도의 바깥인지 그렇군요 나는 당신의 바깥에 존재하고 있어요

당신의 바깥은 모든 서러움의 근원,
악의 근원, 조용한 새벽의 근원이죠
무엇을 키워 내기엔 지구의 속 깊은 불안처럼 뜨겁지 않은,

어쩌면 우리의 유전 속에는 나의 바깥에 당신이 존재했을지도 모를 일, 나선형 무늬를 차곡차곡 간직하며 웃음을 흘리던 그 미묘한 온도쯤에서 우리는 하나였을지도 모를 일

\>

이제는 희망도 살아나지 않는 가엾은 온도를
열여덟 파랗게 자란 수염처럼
밀어버리는 일만 남아 있는

큐브

뽀글뽀글 거품이 일어나는 저녁

좌심방 좌심실 곁에서 간지럼을 타는 기역과 니은
부드러운 아 에 이 오 우

아직 이곳에 발 닿은 적 없는 언어
형과 색이 없는 무명

당신의 우심방 우심실 곁에서
긴팔원숭이의 검지에서
심장을 뛰게 하는
혼돈

꽃 피는 방향으로 한 번
꽃 지는 방향으로 세 번
모서리를 돌아 폭풍우를 만나면
붉은 우산 아래 침묵할 것

당신은 여섯 개의 심장 스물일곱 개의 한숨

창백한 얼굴을 만나면 스치듯 지나갈 것
눈 마주치지 말 것

다만, 유혹할 것

디미누엔도

태양을 발라 먹는 오후
너는 나른한 잠에 이르고
나는 불의 아이처럼 불길하다
마지막 식탐을 햇살에 두고
나를 말리는 일

심심하다

태양의 오후에는 무엇을 먹어야 할까
엽록의 손들이 오글거리는 숲에서
어떻게 숨을 쉴까
폐에는 옹기종기 푸른 싹이 돋아
코끝으로 폭발하는 기생식물

정지된 녹색이 먹는 태양의 맛은 回歸

보실보실 피어나는 곰팡이의 향연에
입을 맞추면 불타는 생의 오후

깊숙이 파고드는 무미건조

처음부터 맛이 없었던 거야
지겹도록 따라다니던 등골 휘던 맛도
너를 사랑했던 맛도
지금 여기 이곳에선

high angle*

나는 커피를 마시는 과테말라
안티구아 화산재를 묻히고 온 원두를 음미하고
당신의 앵글 속에서 우아하게 재현되는 나는

나는 당신의 욕망
렌즈의 초점은 언제나 당신의 시점
부풀어 올랐다가 한없이 작아지는 나는
당신의 피사체

온통 죽음으로 뒤덮인 새를 본 적 있었지요
비행을 놓아버린 새는 뜨겁지 않았어요

나는 쓸쓸한 각도에 서 있었죠

당신의 찬란한 욕망이었던 나는,
나는 뷰파인더의 꽃인가요
달리아, 아즈텍 릴리, 포인세티아, 야트로파, 칸나
낯선 이름의 분할

>

당신의 지중해가 되고
당신의 해안선이 되고
당신의 산책길이 되었던 나는
천 지 창 조 어느 파일에 숨겨져 있나요

온통 죽음이었던 새는 날개를 기억하고 있을까요
당신의 앵글보다 높게 날아올랐던 새들은 어디로 갔을
까요

* 피사체를 위에서 내려다본 시점

안녕의 무게

무거운 밥을 먹고 초승달 아래 집을 지을 거야 무겁지 않으면 땅의 자식들이 될 수 없지 저마다의 무게를 달고 다니는 입, 깊숙이 넘긴 밥알의 무게가 터져 나올 것 같은 저녁, 속으로 떨어지는 낮별들 시소 놀이처럼 무게중심이 바뀌는 열두 시 당신의 무게를 감당할 수 없다고 떠난 것들 사실 남아 있는 것들은 지푸라기처럼 가벼운데 아무도 전해주지 않는 존재의 가벼움을 등이 휘도록 가르쳐주는 초승달이 좋아요 짓눌린 세계에 한 획을 긋는 얄팍함

조금만 부풀어 오르세요

검색창에 너를 띄우다 또 떨어지는 기억의 낭떠러지 무게를 더하면 네가 떠난 날의 진중한 무게 하루가 침몰하여 보태는 내일의 무게 나는 그 무게의 평균 속에서 오늘의 무거움으로 단련해 나가는데 왜 무게는 단련이 안 되는 걸까 점점 더 가벼워지는 느낌, 너는 지푸라기 같은 애정 행각의 무게를 달고 다니는지 나는 연기처럼 사라지는 무게를 달고 다녀 매일 매일 기울기를 읽다가 너를 읽다

가 나는 무게를 잃어버렸어

그럼 안녕이라고 새겨줄게 네 가슴에 꾹

고비

　당신 눈에서 내가 눈물처럼 주르륵 흘러내렸을 때 우리 사이는 미간이었다
　아직 그것이 피눈물은 아니었으므로 예고편이었다는 것을
　당신 미간과 미간 속의 혀로부터 불쑥 튀어나온 모호한 입김
　예감은 심중의 안개가 되어, 잘 맞는 직감이란 얼마나 비참한가

　당신 심장에서 내 심장이 떨어져 나올 때
　푸른 혈관이 툭툭 불거져 나와
　심장이 심장을 밀어내던 그 시간

　울음은 미간으로 삼키고 웃는 얼굴을 지어 보였던

　당신을 앓고 남아 있는 나의 징후는 세상과 1도씩 멀어지는 것
　이상고온으로 뼈가 타들어 가는 것

출처를 알 수 없는 가려움에 피투성이가 되는 것

이별을 견뎌 내는 나는 처음부터 없었으므로
내 몸에 남아 있는 당신을 산산조각 내는 일
당신을 칼날 위에
세우는
일

죽음을 빨고 다니는 사탕이 있었다

당신의 그녀가 다정했던 그녀가 몸을 빨았다지요
장미향을 남겨 두고

노란 모자와 어울리는 시간을 건너
열네 살 혹은 스무 살 소녀가
그녀의 몸에서 기어 나올 때
당신은 어느 길목에서 사탕을 빨고 있었나요

심해어를 닮고 싶었을까요
밥알을 넘길 때에도
풍부한 수량이 아니라 깊이를 가늠했겠죠
눈물이 필요 없는

손을 씻고
얼굴을 씻고
거울을 들여다보던 눈을
온몸으로 녹여버린 그녀는
마음이 예쁘다던 그녀는

>

비눗방울처럼 둥둥
사뿐사뿐 내려앉는데
중력은 한 번도 놓친 적이 없다죠
완벽하게 그녀를 빨아들였죠

영화의 한 장면처럼

그녀가 낙천교를 진입하고
앞서가는 차량의 번호를 보게 되었을 때

아주 멀리서 진달래가 피고 있었다

12월의 햇살이 거기에 가 닿을 동안

그녀는 진달래처럼 붉어졌다

그녀를 좋아했던 사람
담장 밑으로 해바라기를 함께 심자고 했던
아직도 옛 차를 버리지 못하고
무슨 증표처럼 도로 위를 흘러가는데

신은 때때로 인간적이어서
슬픔을 비눗방울처럼 날려버리기도 하는데

생의 방향이 달랐던 그때와 같이

그는 멀어져가고

운명을 믿지 않는 그녀는

정지선 앞에서

한참을

구름의 누수

참을 수 있다는 말은 참을 수 없다는 뜬구름의 말이야
그리워해야 할 누군가
죽고 싶은 내가 있다는 구름의 감정이야

구름의 감정이 터지고 있어
검은 하늘은 이 계절의 바닥이 되어
모든 누수된 물을 모아 지상으로 오지

여름 벽지의 심연을 겨울 벽지가 끌어당기는 것처럼
얼룩진 구름의 천식을 기억해
이 계절에는 기침이 잦아들 거야
젖은 신발들이 많잖아

사랑을 하면 각질이 일어나는 것 같아

구름에게 죽음 사용설명서를 읽어줘야겠어
언젠간 메마를 테니깐
긴 비의 기회비용은 당신이었나 몰라

\>

참을 수 없을 때까지 참으면, 참을 수 있다는

오후 다섯 시의 꽃집에서 만나요

꽃 피는 날부터 하루라고 하자
꽃 지는 날까지 하루라고 하자

당신이 아장아장 걷기 시작할 때부터
나에게 오는 순간까지 하루라고 하자

하루는 먼 길

오후의 꽃들이 죽음의 번지를 찾아가는 동안
나는 튤립의 꽃말을 읽는다

'꽃말은 암호 같아서 큰 소리로 말할 수 없는 감정을 표
현할 수 있게 해준대요'
거리의 비둘기가 스크롤하며 읽어주는 문장

전쟁을 끝내고 돌아오는
당신 손에는
튤립 한 다발이 묻어 있다

3부

사월

꼭꼭 씹어도 씹히지 않는 생이 있다

입이 잘린 꽁치 한 마리가 부음처럼 누워 있다
깊은 바다 어둠 속에도 기별 받지 못한 아이들이 있다
달의 인력으로는 인양되지 않는데,
안부를 묻지 않는 입들이 썰물처럼 빠져나갔다

살아 있는 사람의 입속으로 들어가는 부음은
삶일까 죽음일까
배를 가르자 봉인된 안부가 하얗게 부서졌다

당신은 보리밥 한 그릇에 입맛이 돌아왔다고
천천히 삶을 회복하듯 말한다, 나는
옆 테이블에 앉아 뼈를 바르는 낯선 입에서
흘러나오는 파도가 싫었다

벗나무 꽃잎이 만장처럼 흩어지는 날들이 지나간다

난독

신의 영역에 다녀온 적 있었다
첫 경험처럼
푸르지도 붉지도 않은 희미한 뒷골목
꽃같이 피어 있는 깃발

몇 장의 지폐가 신을 부른다
신은 휘파람을 타고 내려와 낯선 조상이 되었다가
젊은 날에 죽은 원혼이 되었다가
다시 내 앞에 앉은 앳된 보살이 되었다

가을 햇살이 쏟아지던 어느 계에서
나는 목숨 줄을 놓고 있었는지 모른다
당신처럼 사람 곁에 머물고 싶어서

꿈인 듯 분열인 듯 이상한 슬픔이 흘렀다
물에 잠긴 심장의 항목처럼 쏟아져 내리는 비의

사람의 언어가 어려운 나는, 생은 왜 이따위인가 묻는다

새들은 창문의 속력으로 날아와 죽는다

바깥의 너와 경계의 내가,
손을 잡고 죽으면 행복해질까
구름이 표정이 될 때까지
꼬리를 무는 생각

새는 풍경을 향해 질주한다
심장의 다른 말이 '쿵'인 것처럼
아무런 의심도 없이
창이 만들어 놓은 속력에 속수무책으로

오늘이 서툰 너와 내일이 두려운 내가,
다시 손을 잡으면
굴절된 세상이 쏟아져 내린다

지상의 가장 높은 곳까지 오르면
죽은 새들의 이름을 기억한다
바람의 표정을 짓고 있던 새
부리가 따뜻했던 새

딱딱했던 몸의 새, 새, 새들

우리는 새의 부리와 발의 자세를
미세한 떨림과 검은 눈을 연습해야 한다

헤드라인에 걸린 우리의 이름이 펄럭일 때까지
쿵 하고 소리를 뱉어야 한다

아무도 기억하지 않는
발이 없는 속도가 만드는 마지막 문장을

무궁화꽃이 피었습니다

너무 오래 살았다

시간의 전리품처럼 낡고 오래된 동네
살아서 온 것들이 병들고 깨지고 묻히는 동안
나는 그곳에 있었다

그곳에서 밥을 먹고 숨을 쉬고 눈을 깜박거렸다
그늘이 사라지지 않는 담벼락 밑에서
채송화와 개미를
낮은 곳에서 이는 바람을 보았다

길을 지운 골목들은 행방이 묘연해지거나
도둑고양이처럼 꿈을 훔쳐 달아났다

죽음의 냄새와 결핍의 몸들이 엉켜 있는 동네
밤낮이 바뀐 아이들은 유령처럼 담을 넘어
신발을 끌고 가곤 했다

먼지 같은 기억들이 번지를 만들어 쌓여 있는 곳
대추나무가 꽃을 열고
앵두꽃이 거미줄에 걸리는 동안
이곳의 승자는 시간뿐

한번 흘러간 나는 결코 돌아오지 않았다

안개

안개의 배후를 알 수 없는 요일이 있다 그런 날에는 열심히 사는데 열심히 사라지는 것들이 있다 무거운 블랙이나 화이트 계열의 요일이 담아내지 못하는 불확실성

안개의 입자와 섞인 몸의 물 분자처럼 나는 안개의 인질이 되어 있었다 무엇을 약속하고 이런 모호함을 받아들였는지 알 수가 없다 누구나 한 번쯤 자신의 영혼을 팔지 않던가

목젖을 넘어 울컥하는 지점에 안개가 피었다 오늘 아침 그곳을 지나간다 햇살처럼 키워졌다면 선명한 어른이 되었을까 너무 많은 생각은 몸을 희미하게 만든다

우리는 나무에서 내려오지 말았어야 했다 미궁을 헤매는 실타래로 바람에서 구름으로 그네에서 네 뒤꿈치의 그림자로 남았어야 했다 배후는 언제나 내성적이지 않던가

붉은 안개가 심장을 먹기 시작했다

환생

어느 점집 마당에서 목련이 지고 있었다

한 나무에서 생을 밝혔지만, 한날한시를 기약하지는 못
했다
두려움이 가시지 않은 몇 낮의 고요가 메아리처럼 남아
있다

나는 떨어지는 목련 하나가
중력을 거슬러, 저 푸른 우주로
가닿는 것을 생각한다
그곳에서 부활하기를 점친다
이승에서 놓친 오늘 밤이라든가
먹다 만 고독이라든가
바라보기만 했던 그 사람이라든가

툭 하고 끊어진 찰나를 스쳐 갔던 회오리바람처럼, 우주
의 티끌이 되어 한 계절 다시 돌아올 때쯤 어느 점집 앞에
서 꽃의 사주를 점치는 그윽한 시선이기를

연의 비문

11월의 연못은 둥근 물관
목을 꺾은 연들이 물 위를 서성거리고 있다

찢어진 몸에서 흘러나오는 마른기침
나는 그 폐 속을 뚫고 들어가
한 개비의 생을 들여다본다

천 길 낭떠러지 같았던 물의 허공
바람길처럼 뚫린 뿌리를 내리고
심중은 붉게 피어올라 꽃이 되었다

우기雨期의 몸을 안고 당신을 찾아간 날
각혈 같은 꽃잎은 지고
간절하지 않은 기도는 어디 있겠는가
발 닿는 곳마다 어둠이었다

손가락을 툭 툭 끊어 파문을 찍어 넣는 저녁

그 연못에 비문이 새겨졌다

그루밍

천천히 천천히
당신과 친해질 거예요
당신의 폭력 앞에서 폭식을 일삼는 나는,
가여운 새끼
한 알의 밥에는 한 알의 악몽
한 알의 밥에는 한 알의 꿈
눈동자를 굴리며
낮과 밤을 뜸 들이는 시간

기다릴 줄 알아야 체온도 얻는 법이란다

당신이 밥상을 쏟아 버리기 전에
선지가 낭자하기 전에
숟가락을 물고 주먹밥 같은
분노를 주워 담아요
아무렇지도 않게 무섭지도 않게

정신연령이 낮아서 다행이야

천천히 천천히 흘러내리는 이 기분

이제 나는 당신의 맛,
묽어진 나는

녹

나는 11포인트의 글자를 좋아한다
11포인트는 정맥을 닮았다
다시 심장으로 돌아가려는 검붉은 피가 섞여 있다

너는 11처럼 말한다
몸속에 열한 개의 혀가 있는 것처럼
열한 번의 어둠이 흘러나왔다

뭉게뭉게 휘날리는 눈썹 사이로 밤이 온다

열한 번째 손가락을 잘라
오래 기억하기로 했다
무엇이든 작아지는 시간 속에서
너는 돌아오지 않을 것이다

나는 이상한 나라의 앨리스처럼 산다 아직도
나잇값을 하지 못하는 심장은
언제나 입맛이 어렸다

>

계란찜을 먹고 나면 그 자리에
다시 달걀이 채워지는 여름이었다

돌아오지 않는 정맥들은 푸른 녹이 되었다

유월의 나뭇잎

타임리스 타임리스
흥얼거리는 나는 유월의 나뭇잎
발을 묻어 뿌리가 된 순결한 구도자

오금까지 오는 하얀 물을 지나
잔등까지 차는 노란 물을 건너
목까지 차오르는 붉은 물

시작이 없는 나는
숨 오를 꽃으로 피어날까
혼이 깃들까

전설의 끝에서 실려 오는 바람
타임리스 타임리스

서천 꽃밭에서 우리 만난 적 있었나
유월 장마처럼 서로 젖은 적 있었나

타임리스 타임리스

슬픔이 반짝이는 시간

의자의 자세

의자의 합리적인 자세는 망각이다

오후의 카페에서
쓸쓸한 의자의 자세를 고친다
의자는 떠난 것들의 허물이다
완전히 존재했으나 완전히 부재하는 시간차

pm 3시 18분의 자세를 추억한다
한 사람이 한 사람에게 돌아가지 못한 시간
뜨거운 그가 아이스 아메리카노의 시간을 주문한다
다시 우는 시간이 펼쳐지고
눈이 마주치고
습관처럼
온몸으로 흐르는 최고급 과테말라 안티구아

열이 묻어났다
식지 않는 부재의 체위
의자의 자세는 맹목적이었고

시간의 자세는 폭력적이었다

의자의 가장 합리적 자세는 망각이다
그를 아주 잊어버리는 소질과 태도이다

고운사 천년 송림

그 숲에서 나는,
살아 있음으로 이방인

뉘엿뉘엿 느리게 지는 일몰
바람의 솜털 같은 빛
일억 오천만 킬로의 모성이
엽록의 입들을 재우는 저녁

자장가를 듣는 저 오래된 나무의 이름은 고故

푸른 정맥 어디쯤 당신과 나
맺힌 적 있었을까
부적처럼 놓인 유월의 꽃들

숲 바깥에는 태어나지 않은 주검들이 오글거리는데
나는 아직 이방인

후미진 몸 어느 곳에서 발돋움하는 흰 것들

4부

연리지

나란히 이불을 펴고 밤을 누우면
우리의 발과 다리는 연리지처럼 엉켜서
누구의 몸에서 비롯되었는지 알 수가 없다

사랑을 하고
기적처럼 사랑을 하면
검은 뿌리로부터 흘러나오는 연둣빛
네가 빠져나간 자리에 내가 채워지는 몸
육십 촉 공간이 폭죽처럼 부서지고

우리의 잠은 깊다

시간을 휘젓고 다니는
아이들의 발자국 소리에 눈을 뜨면
축복처럼 눈이 내린다

천년의 시간을 끌어당겨 너를 덮는 밤
우리의 몸은 어둠 속에 나란히 뿌리를 내리고 있었다

수국

참치나 꽁치처럼
언어도 통조림이 있었으면 좋겠다
처방전을 받지 않아도 살 수 있는 가벼운 약처럼
독감보다 연한 감기에 걸렸을 때
고열보다는 미열일 때
앞에서 쏟아내는 눈물보다
뒤돌아서 훔치는 눈물일 때
허무보다는 쓸쓸하고
장미보다는 수국일 때
가볍게 털어 넣을 수 있는 언어 통조림이 있었으면 좋
겠다
네 마음속에 내 마음속에
실금처럼 뿌리내린 상처까지 다다를 수 있는
녹는점이 따뜻한 언어 통조림이 있으면 좋겠다

카페 노랑나비

겹삼잎국화를 본다
겹삼잎국화가 본다
우리는 공간을 나누어 가졌다

이 공간의 주인은 누구인가

너는 이 공간에서 재생되고
나는 이 공간에서 기록된다

우리를 느끼는 당신은 또 누구인가

이 섹터의 동심원은 분할된 누군가와 연결되어 있다

제1 공간에서 나비를 줍는다
제2 공간에서 나비가 사라진다

불쑥이라는 얼굴이
겹삼잎국화와 함께하는 시간

>

결국 당신이 보고 싶은
최초의 분할

아이섀도 블루

그녀의 웃음은 멜랑콜리 같아 아이섀도의 그늘을 사랑
하죠

그녀의 성분은 진한 우울
끈적거리는 흑담즙을 닮았죠
아홉 개의 손톱과 백 개의 발톱
스물다섯 개의 속눈썹과 육백 개의 음모
그 속에 감춰진 명랑

단지 웃는 눈매를 가지고 싶었죠

흰색 아이섀도를 아이홀에 발라요
오렌지색 아이섀도를 쌍꺼풀 라인까지 바르죠
갈색 섀도로 그림자를 넣어줘요

색을 섞는다는 건 관계의 시작이죠
끝까지 나른한 색조
벌어지는 하품을 참을 수 있을까요

>

한 겹

두 겹

그녀의 웃음을 분해해 아이섀도 블루를 얻어요

아다지오

　귀뚜라미 울음을 심자, 이 가을에는 모퉁이를 돌아 나오는 다섯 가닥의 파랑 그 악보가 달빛에 발을 내리도록 순결하게 손을 씻자 땅 위에 걸음을 둔 것들의 노래는 아름답고 슬프나니 길 위의 음계들이 돌아와 새벽의 귀에 걸릴 때

　아다지오
　아 다 지 오
　파랑의 한 소절을 풀어주자

착각

용기를 조금 얻어 왔다

당신 앞을 지나갈 만큼의 크기였다
나는 용기를 키우고 싶어
좌심방 좌심실 곁에 심었다
용기를 내야 할 시간이 올 때마다 쿵쿵거리며 혀를 날름
거렸다

어쩌면 내가 얻어 온 것이 유혹일지도 모른다는 생각이
들었다

장마철

    태화6길 골목으로 잠시 비가 비켜서 있을 때 늙은 여자
들의 빛바랜 빨래 이야기 윷가락 던지는 소리가 흘러나온
다. 언제나 모를 외치는 소리 뒤로 도나 개, 걸이 뒤따라왔
지만, 누구 하나 판을 엎는 사람은 없었다

    접시꽃이 길게 목을 빼고
    채송화가 낮게 귀를 열어도
    모는 입말처럼 나오지 않는다

    대한슈퍼 앞 들마루에선 술잔이 돌고 일당을 잃어버린
김 씨와 황 씨의 얼굴에는 붉은 해가 떠오른다. 장마철에
는 굶어 죽기 딱 좋다는 김 씨

    막걸릿잔으로 다시 비가 떨어지고
    그 골목에서는 다섯 칸을 뛰어넘는 행운은
    일어나지 않았다

    온몸을 적신 해가 골목을 빠져나가고 있다

모든 왼쪽

나비의 왼쪽을 꺾어 왔다
아름다운 몽환

유월은 일찍 피어난 꽃들의 무덤이다
푸른 그늘이 흰 햇살의 발목을 식히는 정오

왼쪽에 있는 것들을 찍는다
사라지는 꽃잎들의 왼쪽
낮은 곳의 왼쪽
당신의 왼쪽

나는 왜 그것에 끌리는가 생각한 적 있다

당신의 숨 자리 같은 패랭이를 꺾어 왔다

모든 왼쪽은 심장을 품고 있었다

백양세탁소에서 겨울잠을 자고 왔다

백양세탁소에서 백양을 찾는다

백양세탁소 주인은 나의 오랜 단골
백양을 찾아 산술적으로 건넨다

겨우 백 개의 계절이 지나갔을 뿐인데
아직도 졸리는 나는,
사적인 농담

백양을 펼쳐 놓으면 달콤한 잠 냄새
석유 냄새
피 냄새
발붙일 곳이 없는 휘발성

나는 백양을 입고 이력서처럼 뛰어간 적이 있었지
미니스커트 같은 문장을 두고
마침표를 찾는 의자의 한마디
'경력이 있습니까'

'아니오, 경력을 입고 싶은 사람인걸요 나는'

백양세탁소의 겨울잠은 이루지 못하는 불면,
먼지처럼 두꺼워지고 있는

눈의 카페테리아

눈 속의 혓바닥을 꺼내 하얗게 굴린다

너는 카페테리아에 앉아 첫사랑을 생각하고
나는 나를 뭉쳐 길거리 고양이에게 던진다
첫사랑과 몸이 섞이고 있는 너는,

무음으로 쌓인다

소리 없는 몸을 껴안으면
하얀 입김이 터져 나온다
섞이지 않는 눈물처럼

너는 달고 나는 짠

흰 눈에 갇힌 사랑의 무리는
혓바닥을 꺼내 하늘로 던진다
하얗게 쏟아지는 은빛 중력들

너무 많은 웃음이 부츠를 신고 사라지는 카페테리아

나는 네 몸속의 피 같은 것, 물 같은 것이 되어

XX의 주문

당신의 주문은 무엇입니까?
기다리는 택배는 오지 않고
나는 XX 염색체 위에서 온종일 심심해요

예쁘장하게 태어났던 몸과 얼굴도
이제는 시들시들해요
생명 연장의 꿈도 종족 보존의 임무도 완수했지만
기다리는 택배는 오지 않아요

꽃다운 나이에 XY를 만나 열렬한 사랑을 놓치고
아름다운 염색체를 복제시켰죠
그것들이 빛을 발할 때 나는 주문을 외죠
텔로미어*가 조금만 더 천천히 짧아지기를
중력의 힘을 거스르는 비용이 더욱 내려가기를

복제된 아름다움은 옥천 허브에서 머무르죠
생이 끝나기 전 만날 수 있을지 기막힌 걱정을 하기도
하지만

대체로 물류시스템은 정확하죠

온종일 꽃 피우는 벚나무 아래서
당신을 기다려 보고 싶은 날이 있었어요
기막힌 희망이 도착할지도 모른다는 생각

텔로미어가 사라지는 순간, 벚꽃은 스스로 중력에 몸을
맡겼지요

＊ 텔로미어: 말단소립으로 세포 시계의 역할을 담당하는 디엔에이(DNA)의
  조각. 우리들의 노화와 수명을 결정하는 원인으로 추정.

폭설

너무 많은 감정이 내렸다
해석되지 않는 몇몇 감정들은 무음으로 쌓였다

한때는 아이처럼 웃었던 적이 있었다
쌓이는 것들이 희고 해맑았으므로
어디로부터 오는지 알지 못하였으므로
의심하지 않았다

너는 너무 많은 감정을 양산한다
구토를 유발하는 달빛에 기대어
소비되지 않는 기쁨을 내뱉는다

켜켜이 쌓인 하얀 거짓말
나는 너무 자주 감동을 하고
너는 한 번도 통증을 배워 본 적 없다는 듯
천진한 얼굴을 하고
구라모토 유키의 목소리를 들으러 갔다

슬픔을 머리끝까지 당겨 덮던 밤이 있었다
생은 무겁고
우리는 서로를 삼키며
눈덩이처럼 불어난 감정을 안고
파산을 꿈꾸었다

폭설의 몸에는 녹는점이 없다
방향을 모르는 울음처럼
하얗게 질린 달이 골목으로 쏟아졌다

역류성 식도염

밥이나 먹을까
당신과 함께
20세기 사람들처럼
꽃이 핀다고, 눈이 온다고
S플래너에도 없는 밥이나 먹을까
당신과 밥을 먹으면
나는 그 기억을 먹지
냠냠거리며 당신의 눈을 들여다보고
불쑥불쑥 미래를 쳐다보겠지
내 세포 속에 기억될
밥알의 습기와
저녁 7시의 분위기와
브로콜리의 녹색을
비 오는 날 헤어지면 다시 만난다는 맛있는 기억을, 나는
　당신이 없는 식탁에 앉아서 역류성 식도염처럼 토해 낼
거야

연리지를 찾아가는,
Made in 김연진의 시들

박승민 (시인)

'시의 혈맥'이 흐를 수밖에는 없는,

김연진 시인을 만나려면 안동시 도산면에 있는 이육사 문학관으로 가면 된다. 퇴계 선생과 육사陸史 시인의 문기 文氣를 고스란히 품고 있는 그곳에서 김연진 시인은 문학 관 해설사로 일한다. 그녀는 늘 웃는다. 문학관 내 북카페 에서 그녀가 내려주는 커피를 마시면서 바라보는 도산면 원천리 일대는 낮은 들판과 낙동강이 어우러진 탁 트인 '작은 광야'다.

어떤 점에서 시인 김연진은 퇴계 선생과 육사의 시 정신이랄까, 문기文氣, 여기에 더해 자연의 지기地氣까지도 동시 호흡하고 있다는 점에서 복 받은 시인이다. 더군다나 김연진 시인이 태어난 영양 또한 조지훈, 오일도 등 한국 시문학사에 빼놓을 수 없는 문사들이 배출된 곳이기도 해서 그녀에게는 자연발생적으로 '시의 혈맥'이 흐를 수밖에 없다는 생각이 들기도 한다.

그러나 지역에서 문학을, 그것도 시를 쓴다는 일은 녹록하지 않다. 녹록은커녕 "발 닿는 곳마다 어둠"(「연의 비문」)인 막막하기 이를 데 없는 곳이자 '검붉은 정맥의 피로' 원고지 칸을 메우는 "11포인트는 정맥을 닮았다 / 다시 심장으로 돌아가려는 검붉은 피가 섞여 있"(「녹」)는 상태이기 쉽다. 그럼에도 김연진 시인은 영양과 안동을 근거지로 묵묵히 '시의 날'을 갈아온, 이른바 변방 문학에서 잔뼈와 통뼈가 굵었다는 점에서 오히려 더 신뢰감을 갖게 한다. 왜냐하면 문학은 "살아 있음으로 이방인"(「고운사 천년 송림」)인 고립무원 속에서 문장을 갈고 엎고 뒤집는 수많은 쟁기질 속에서 개안開眼이 가능하기 때문이다.

심장이 피우는 화약 냄새

김연진 시인의 첫 시집이기도 한 이 원고들은 사실 작년 늦가을 무렵에 얼핏 읽어 본 적이 있다. 만산홍엽 우거진 늦가을 무렵, 김연진 시인 일행과 영주 소백산 자락길을 걸은 적이 있는데, 그때 느낌은 '문장이 참 신선하고 단단하다'였고 이번에 다시 읽으면서도 그 인상은 여전했다.

동시에 '밝고 명랑'한 척 보였던 김연진 시인이 사실은 "해석되지 않는 표정"들로 가득찬 이 세상의 밀림 속에서 혹은 심연 속에서 '무엇인가'를 끝없이 찾고 있다는 사실의 재발견이다. 때문에 그녀의 몸에서는 늘 "화약 냄새"가 가시지 않는 준전시상태이고 "나의 절실은 너를 심장까지 데려오"기까지 "심장이 피우는 꽃 냄새"(「안녕을 해석하려고 했어」)로 가득하다는 절실함의 확인이었다.

그런데 읽을수록 더 아득해지는 일은 김연진 시인이 세상이라는 "심연" 속을 걸으면서 "심연의 페이지에는 슬픔이 찍혀 있"다거나, "나를 묻고 싶은 오전"의 상태로 계속 견딘다는 점이다.

물론 이것은 김연진 시인만의 '증상'이라기보다는 시인(인간)이라면 누구나 겪는 '존재 증명의 증표'이기도 하다. 김연진 시인의 말을 빌리자면 "슬픔은 네 발로 걷는다 / 네 발로 기어 온다 / 어디서 오는지 누구에게서 오는지 / 출처 불명이다" 이 "출처 불명"의 슬픔으로 우리 몸은 "조작된"다. 즉, '아직 명확하지 않은'(아니면 너무 근본적이라서) "출처"(「슬픔은 네 발로 걷는다」)로 인해 우리 몸의 통증=슬픔은 계속될 수밖에 없고, 그 출처가 밝혀질 때까지는 당분간 그냥 아플 수밖에 없다는 '비극'이 저음으로 깔려 있다.

Made in 김연진의 시들

그런데 김연진 시인의 이 시집을 읽고 놀란 점은 첫 시집치고 언어를 다루는 솜씨가 예사롭지 않다는 점이다. 오히려 '능란하다'에 더 가깝다고 해야 할 것 같다. 이것은 그만큼 김연진 시인이 언어에 대한 고심을 깊게 한다는 뜻인데, 이는 다시 독특한 발상이나 완벽한 문장으로 연결되면서 시에 깊이와 무게를 더해 준다. 그리고 그런 고된 과정을 통해서 정제되어 나온 '문장'은 김연진 시인의 시에 탄력과 새로움을 더한다.

예컨대 사라진 "당신"에 대한 회한을 담은 「볼륨 zero」에서 '빗소리'는 "볼륨 zero" 상태로 내리면서 '울음의 옥타브'에 비유된다. 빗소리에도 볼륨을 달 줄 아는 김연진 시인의 상상력이 놀랍다. 그런데 이 "비"는 "검은 새의 질량을 먹고 사는 비"로 입체화되고, 마음의 '갑갑한 상태'는

"귀도 없이 울음은 시작된다"거나 "서사는 잊히고 감정만 남은 몸뚱아리" 등의 간결한 문장을 통해 '그의 부재감'을 배가한다. 사실 시는 백 마디 말을 한 문장으로 '촌철살인' 하는 게 핵심인데 김연진 시인은 이를 탁월하게 구사하고 있다.

「이명」에서는 '봄에는 꽃이 핀다'라는 일상적 문장을 "피다의 소릿값은 봄"이라고 함으로써 시각적인 봄에 "소릿값"이라는 청각적인 봄으로 기존의 관념을 뒤집는다. 또 빼도 박도 못하는 '너와 나와의 관계'를 "나의 기울기값은 너"라고 간단명료하게 말하는데, 이런 능력은 아무나 갖지 못하는 김연진 시인만의 특출한 언어 내공이라고 할 수 있다.

특히 '훔쳐 오고 싶은 문장들'도 시집 여러 군데 포진해 있는데 "중력보다 무거운 신발"(「엔트로피」), "나는 나를 먹으면서 무성해진다" "입을 맞추고 너를 휘감으면 우리는 같은 계열이 될까"(「시그니처」), "당신의 지중해가 되고 / 당신의 해안선이 되고 / 당신의 산책길이 되었던 나는 / 천 지창 조 어느 파일에 숨겨져 있나요"(「high angle」)나 상실의 아픔을 "심장이 심장을 밀어내던 그 시간"(「고비」)으로 표현한 대목과 "오후의 꽃들이 죽음의 번지를 찾아가는 동안 / 나는 튤립의 꽃말을 읽는다"(「오후 다섯 시의 꽃집에서 만나요」)와 같은 문장들이 특히 그렇다.

파격의 시도 혹은 詩道

김연진 시인의 또 다른 장점은 신인답지 않은, 아니 신인다운, 과감한 '시적 시도'를 감행할 줄 안다는 점이다. 모든예술은 창조적 파괴가 그 생명이라고 할 수 있는데, 김연진시인은 안정된 '공공도로'를 버리고 산길로 가버린다.

그 대표적인 경우로 「이방인」에서는 앞 행의 마지막 문장을 서체만 바꾼 채 다음 행으로 사용하는 파격을 보이기도 하고, "네 시에도 단풍이 들까요?"(「네 시의 단풍」)에서 "네 시"는 시간의 단위이기도 하지만, 당신의 시詩 즉, 나의 시에도 단풍이 드는 날이 올 것인지를 '중의적'으로 깔고 있다.

「큐브」는 '큐브놀이'가 형태를 맞추어 가는 놀이라는 점에 착안한다. 사실 사람의 마음을 찾아가는 과정도 큐브처럼 서로의 색과 마음을 맞춰가는 지난한 과정의 연속이라 할 때, 그런 발상의 번뜩임도 번뜩임이지만 김연진 시인은 이 시에서 큐브를 맞추는 과정을 "꽃 피는 방향으로한 번 / 꽃 지는 방향으로 세 번"으로 표현한다든지, 이미맞추어진 큐브의 경우 "당신은 여섯 개의 심장 스물일곱개의 한숨" 등을 통해 자기만의 독특한 감각 세계를 보여준다.

「화요일의 액자」에서는 "깨진 꽃이 액자 속에 있다 // 화요일의 햇살은 그녀를 삼인칭으로 부르기 시작했다 / 사랑을 흡입하던 일인칭의 낮과 밤을 잊었다"라고 쓴다. 김연진 시인은 사랑의 파탄을 깨진 액자가 아닌 깨진 꽃이라고 슬쩍 주객을 전도시키고 나서, 그와의 사랑이 깨진 상태를 삼인칭, 깨지기 이전의 상태를 일인칭으로 인칭화한 점도 흥미롭다. 이 인칭화가 작위적이기보다는 자연스럽게 읽히는데 이는 사랑을 나눌 때는 모든 대상이 '나'가 되기 때문이다. 둘이 아니라 'Only One', '나'로 수렴되는 상태, 그것이 사랑의 정체성과 부합한다고 할 때 이런 발상은 자연스러운 만큼 더 설득력이 강하다.

그런 점에서 "안개의 배후를 알 수 없는 요일이 있다 그런 날에는 열심히 사는데 열심히 사라지는 것들이 있다"의 「안개」나 「카페 노랑나비」 「XX의 주문」 등도 주목할 만한 시적 시도詩道라고 할 수 있다.

연리지

가령 이런 시는 어떤가? "슬픔을 깔끔하게 포장하기란 / 사랑을 죽이는 일만큼 어려운 일 / 슬픔은 함부로 젖는 경향이 강해 / 다루기 어려운 계열"인 그 슬픔을 밤새워 잘 포장해서 "당신에게 선물한다". 그런데 그 선물을 받은

"당신"은 그 포장의 완벽한 기술로 인해 그게 나의 슬픔인지도 모른 채, 오히려 "당신은 완벽한 슬픔을 안고 웃는" (「포장」) '모순적 상황'에 처한다. 어쩌면 애이불비哀而不悲의 현대판 버전이라고 할 수 있는 이 시가 사실은 김연진 시인의 본래의 진심이자 시심이 아닐까 추측해 본다.

그런 김연진 시인의 심리를 더 깊게 들여다볼 수 있는 시가 「당신의 바깥」, 「안녕의 무게」, 「연리지」라고 할 수 있다.

「당신의 바깥」에서 "나는 당신의 바깥에 존재하고 있"다. 때문에 "당신의 바깥은 모든 서러움의 근원"이 된다. 그런데 화자는 여기에서 급격한 사고의 변침을 시도한다. "어쩌면 우리의 유전 속에는 나의 바깥에 당신이 존재했을지도 모를 일, 나선형 무늬를 차곡차곡 간직하며 웃음을 흘리던 그 미묘한 온도쯤에서 우리는 하나였을지도 모를 일"이라는 진술이 그것인데 복기하면, 과거의 어느 시간쯤에서는 오히려 "당신"이 나의 "바깥"에 존재하면서 나와 같은 "서러움"의 처지를 감내했을지도 모른다는 생각에까지 이르게 된다. 그리고 곧이어 "나선형 무늬를 차곡차곡 간직하며 웃음을 흘리던 그 미묘한 온도쯤에서 우리는 하나였을지도 모를 일"이라는 극적인 진술을 통해 결국 "나"도 "당신"도 아닌 "우리"의 시간으로 돌아갈 것, 혹은 그 시간이 다시 오기를 열망한다. 그러니깐 김연진 시인의 "서러움"의 실체는 늘 "나"는 당신의 "바깥"에 있다는 상실감에서 오는 것이고, 거기에서 파생되는 "서러움"인 것이다. 때문에 김연진 시의 궁극적 지향은 "우리"로 돌아가는 일이고, 그때까지는 "이제는 희망도 살아나지 않는 가엾은 온도를/열여덟 파랗게 자란 수염처럼/밀어버리는 일만 남아 있는" 상태로 견디는 일이다.

또 다른 아름다운 문장 중의 하나인 「안녕의 무게」에서도 이런 감정은 여실하다. '너'의 부재로 인해 나는 늘 "네가 떠난 날의 진중한 무게 하루가 침몰하여 보태는 내일의 무게 나는 그 무게의 평균 속에서 오늘의 무거움으로 단련해 나가는데 왜 무게는 단련이 안 되는 걸까 점점 더 가벼워지는 느낌" 속에 처해 있다. 그가 부재한 무게는 아무리 노력해도 '덜어지거나 없어지지 않는' "단련" 불능 상태에 빠진다.

그런 점에서 「연리지」는 김연진 시인의 궁극의 지향과 언어가 잘 만난, 그야말로 '연리連理의 상태'에 놓여 있는 수작이라고 할 수 있다. '나'와 '당신'은 드디어 "천년의 시간을 끌어당겨 너를 덮는 밤"에 도달한다. 그런 밤이라면 응당 "나란히 이불을 펴고 밤을 누우면/우리의 발과 다리는 연리지처럼 엉켜서/누구의 몸에서 비롯되었는지 알 수가 없"는 합일의 상태가 되지 않겠는가? 그런 밤이라면 아침이 와도 '나'는 예전처럼 하나도 서럽지 않다. 오히려

"아이들의 발자국 소리에 눈을 뜨면 / 축복처럼 눈이 내"리기도 하는 무량無量의 상태가 된다. 이런 극대화된 이상국理想國이 우리 생애에 언제쯤 올 것인가? 한 번쯤이라도 올 것인가?

김연진 시인은 이 첫 시집을 기화로 이제 완전한 시인이 되어버렸다. 그녀에게 남은 일을 '더 좋은 시'를 쓰는 일일 터, 그날까지 김연진 시인의 시적 고투는 계속될 것이다. 그리고 그것이 이 세계가 시인에서 부여한 역할이자 책무이기도 하다. 김연진 시인은 그 길을 성실하게, 뚝심 있게 걸어갈 수 있음을 이번 시집은 충분히 입증한다. 덧붙여 여기서 못다 한 이야기는 이 시집이 나오고 난 어느 날, 녹음 그늘 방창한 소백산 밑이나 청포도가 주저리주저리 열린 육사문학관쯤에서 마저 하겠다.

나란히 이불을 펴고 밤을 누우면
우리의 발과 다리는 연리지처럼 엉켜서
누구의 몸에서 비롯되었는지 알 수가 없다

사랑을 하고
기적처럼 사랑을 하면
검은 뿌리로부터 흘러나오는 연둣빛
네가 빠져나간 자리에 내가 채워지는 몸

육십 촉 공간이 폭죽처럼 부서지고

우리의 잠은 깊다

시간을 휘젓고 다니는
아이들의 발자국 소리에 눈을 뜨면
축복처럼 눈이 내린다

천년의 시간을 끌어당겨 너를 덮는 밤
우리의 몸은 어둠 속에 나란히 뿌리를 내리고 있었다

—「연리지」 전문

시인의 말

내가 기쁨보다 슬픔에 더 잘 반응하는 사람인 것을 알았
을 때
나의 생은 더 풍부해졌다. 이 말은 역설적 비극에 가깝다.

내 슬픔과 함께했던 모든 사람에게 무한한 감사와
또 살아갈 힘이 되어준 현, 준
네 발로 걷고 있는 발달장애아 부모들에게 경의를 표한다.

김연진 시집

슬픔은 네 발로 걷는다

초판 1쇄 발행 2021년 4월 23일

지은이 김연진
책임편집 변홍철

펴낸곳 도서출판 한티재   펴낸이 오은지
등록 2010년 4월 12일   제2010-000010호
주소 42087 대구시 수성구 달구벌대로 492길 15
전화 053-743-8368   팩스 053-743-8367
전자우편 hantibooks@gmail.com
블로그 blog.naver.com/hanti_books
한티재 온라인 책창고 hantijae-bookstore.com

ⓒ 김연진 2021
ISBN 979-11-90178-49-5 03810